**Vous conviendrez que
par les temps qui courent**

Magali Nayrac – Amandine Plancade

Vous conviendrez que par les temps qui courent

© 2020 Magali Nayrac et Amandine Plancade

Éditeur : BoD-Books on Demand
12-14 rond-point des Champs-Élysées, 75008 Paris

ISBN : 978-2-3222-2263-6
Dépôt légal : mai 2020

CAISSE 3

Lun. 30 mars 2020
à 21:53
anonyme11231@hotmail.com a écrit :

Bonjour Cyrielle,

J'ai longtemps hésité à vous aborder, ne sachant trop comment m'y prendre, ni que dire. Voilà donc je me lance, je vous écris. De grâce, prenez la peine d'achever ce message car, croyez-moi, ce n'est pas vraiment évident de faire un premier pas dans ce genre de situation.
Cyrielle, je connais votre prénom – fort plaisant – car je le lis à chacun de mes passages à votre caisse sur votre badge. Et, sincèrement, c'est toujours la vôtre de caisse que je choisis. Votre sourire illumine mes journées, même s'il est depuis quelques jours protégé par quelques couches de cellophane.
Je ne vais pas vous le cacher mais pour vous écrire, j'ai dû faire quelques recherches. Si je ne puis vous dire tout ce que j'ai mis en œuvre pour obtenir votre adresse, je tiens tout de même à vous rassurer. Je ne suis pas un psychopathe mais juste un amouraché qui fond à votre vue et qui ne savait trop comment vous dire ce qu'il ressent. Vous conviendrez que, par les temps qui courent, vous parler discrètement en tenant compte des gestes barrières et du mètre cinquante qui doit nous séparer ajoutait un défi supplémentaire.
Voilà Cyrielle, vous avez là un client satisfait ! Je passerai vous admirer demain, si vous travaillez.
J'espère que vous ne voyez pas d'inconvénient à ce que je reste un peu anonyme, je suis en fait assez timide. Dites-moi ?

Bonne soirée à vous

*Mar. 31 mars 2020
à 10:26
CyrielleDP45@gmail.com a écrit :*

Cher anonyme,

Je dois dire que votre courriel a provoqué chez moi diverses émotions lorsque je l'"ai lu hier soir, au sortir de ma journée de 10 heures à la caisse de votre hypermarché. D'abord surprise, je suis ensuite passée par un mélange d'impressions allant du sentiment d'intrusion à la colère, puis se transformant finalement, je dois vous l'avouer, en de curieuses sensations de flatterie, de peur et de curiosité.

Flatterie car il est rare d'apprendre que l'on fait autant d'effet sur quelqu'un alors que l'on est assise sur une chaise à faire passer des objets devant un bip. Si je m'efforce de saluer les clients le plus cordialement possible tel qu'il nous est demandé de le faire, je dois avouer que l'intensité et la monotonie de la tâche ont tôt fait de rompre tout entrain. Il me semble donc que vous ne m'avez pas encore vue sous mon meilleur jour… c'est donc formidable que déjà je vous plaise tant !

Mais outre ce petit plaisir narcissique, c'est surtout la peur qui est présente en moi actuellement, car je ne sais pas du tout qui vous êtes. Sachez que je ne mémorise pas les visages des clients qui passent à ma caisse, tant ils sont nombreux et tant j'ai les yeux rivés sur les produits que je dois biper. J'ai donc peur que vous soyez ce monsieur qui a acheté hier 25 boîtes de cassoulet William Saurin et 3 packs de bière 8/6. J'ai également peur que vous soyez ce monsieur qui a acheté 34 rouleaux de Sopalin et 12 sprays désinfectants pour surfaces lisses. Ou encore cet autre monsieur, proprement scandaleux, qui n'est venu que pour 1 pizza surgelée au chorizo. N'aimant ni la malbouffe, ni les maniaques, ni les égoïstes, je vous prie de cesser de m'importuner immédiatement si vous êtes l'un de ces trois personnages.

Dans le cas contraire, si enfin je m'ouvre à ma curiosité, sachez que je ne suis pas hostile à une correspondance car je pense que rien n'arrive par hasard dans la vie... et encore moins en ces temps si particuliers que nous traversons.

Comme vous le comprenez sûrement en lisant ces lignes, je dois admettre que je ne suis pas qu'une « simple » caissière. En effet, je suis passionnée depuis plusieurs années par le développement personnel, en particulier via Internet, et c'est grâce à cette pratique que j'ai acquis la compréhension fine de mes états émotionnels, dont je vous ai fait part ici en toute transparence. Dernièrement, j'ai aussi suivi un module de cyber-coaching sur l'Affirmation de Soi qui m'a énormément apporté et que j'ai également mis en pratique à la fin du paragraphe précédent. Qu'en pensez-vous ? C'est réussi, n'est-ce pas ?

Partagez-vous également cette passion pour le DP via Internet ? Si oui, ce serait super, nous pourrions échanger sur nos apprentissages respectifs ! Par exemple : avez-vous déjà essayé le minimalisme ? Ou l'art journaling ? Ou d'avoir un carnet de gratitude ? Plus globalement, comment travaillez-vous sur vous, vous ?

Mon intuition, que j'ai appris à écouter davantage suite à une formation en ligne spéciale de 4 jours, me dit que vous êtes peut-être le genre d'homme qui cherche aussi à vivre « aligné », connecté avec ses valeurs et ses ressentis, dans la pratique quotidienne de la communication non-violente. Dites-moi que je ne me trompe pas ! ;-)

Si tel est le cas, je serai ravie de faire plus ample connaissance par la voie écrite, à condition que vous vous engagiez, tout comme moi, à vous montrer le plus authentique possible.

Néanmoins, nos vies et celles des autres étant en jeu, je vous demanderai de continuer à respecter les gestes barrières et les distances sociales de sécurité. Surtout, et même si je comprends au fond de moi votre envie de pouvoir me regarder chaque jour, je vous demanderai d'être fort et de venir en magasin uniquement en cas d'extrême nécessité alimentaire et muni de votre attestation, bien entendu.

A bientôt,
Cyrielle

*Mar. 31 mars 2020
à 14:59
anonyme11231@hotmail.com a écrit :*

Cyrielle,

Me voilà comblé. J'espérais une réponse, sans trop savoir si elle arriverait. Et la voici, quelques heures seulement après l'envoi de mon message. La technologie a vraiment ses bons côtés…

Si je vous réponds aussi rapidement, c'est que je ne fais pas partie des catégories de personnes que vous avez citées. Je n'achète pas de cassoulet en boîte, déteste le chorizo et ne m'estime pas maniaque. J'espère que cela vous rassurera et permettra de poursuivre notre échange respectueux des gestes barrières, c'est le moins que l'on puisse dire. Quant à ma venue quotidienne au supermarché, je ne peux que la classer dans la catégorie de la nécessité, je me nourris de vous à chacun de mes passages en caisse. N'en déplaise au gouvernement, à Fleury Michon et aux instituts de lutte contre l'anorexie. Voyez là toute l'authenticité d'un homme aligné avec ses profondes convictions.

Je décèle dans vos questions une femme curieuse. Quelle énergie Cyrielle ! Vous m'épatez ! Cette vitalité, c'est celle que j'ai perçue en vous observant. Vous avez là une manière tout à vous de faire passer les articles. Entre vos mains, mes produits valsent, s'envolent en un tourbillon et créent une mélodie que vous seule maîtrisez. Quelle cheffe d'orchestre vous faites ! Vous donnez le ton, le tempo ! Pas étonnant que vous me posiez autant de questions dans votre message sur ma pratique du DP. Mais au risque de vous décevoir, je dois vous avouer que je ne dispose que de faibles connaissances sur le sujet. Mais écrivez donc, je vous lirai !

Vous me demandez comment je travaille sur moi. Eh bien figurez-vous que ce travail est quotidien, me concernant. Je suis thanatopracteur et bien que passionné, je suis obligé de faire face chaque jour au dégoût, aux nausées, aux haut-le-cœur. Je pratique donc la pose d'une pince sur mon nez. C'est simple et efficace ! Et puis je rentre chez moi à pieds, histoire d'oublier tous les visages refaits, recousus, tirés, remaquillés. J'hume aussi l'air frais et me contente d'un repas végétarien. Il faut dire qu'en ce moment, je travaille à mort…

Cyrielle, c'est peut-être un peu tôt pour vous demander cela… Mais… Je crains que notre échange m'engage par trop ! Etes-vous mariée ? Avez-vous des enfants ? Est-ce que quelqu'un partage votre vie ?

Bien à vous chère Cyrielle

Mer. 1 avril 2020
à 13:56
CyrielleDP45@gmail.com a écrit :

Monsieur Anonyme,

Comme vous le voyez, cette fois j'ai préféré différer un peu ma réponse. J'essaie parfois de m'extraire de l'immédiateté perpétuelle afin de prendre du recul sur les événements.

Comme nous avons convenu d'être sincères et authentiques dans tous nos échanges, je dois vous avouer que j'ai été profondément déçue à la lecture de votre dernier message. Apprendre que vos démarches de DP se limitent pour le moment à la pince à linge et la balade après travail a heurté une partie de mon être qui est déjà bien plus avancé que vous sur le chemin de la réalisation de son potentiel créateur.

J'avais placé tant d'espoirs en cette rencontre, qu'il m'a fallu plusieurs séances d'affilée sur mon appli de méditation de pleine conscience pour finalement accueillir et accepter la réalité de votre personne telle qu'elle s'offre à moi. Avec ses limitations… Mais aussi ses aspirations. Le cyber-stage intensif de lâcher-prise que j'avais réalisé il y a quelques mois m'a heureusement été d'un grand secours ! Comme quoi je ne dépense pas mon argent si bêtement que ça ! ;-)

Maintenant que j'ai fait cette petite pratique sur moi-même, je suis à nouveau dans l'accueil et la bienveillance quant à tout, absolument TOUT, ce qui se présente à moi… dont vous !

Alors je voulais vous remercier pour votre retour sur mes manipulations produit. En ce moment, avec les gants en latex, mes mains sont toutes desséchées et sans vous, j'aurais continué à déplorer ma dégradation cutanée plutôt que de me réjouir de la grâce de mes mouvements... Merci donc ! C'est un trésor inestimable que vous m'avez offert là.

Mais s'il vous plaît, de grâce, confinez-vous, tel que l'ordonne le gouvernement. Je ne souhaite pas être la cause de votre mise en danger, ni de celle d'autrui. Consolez-vous de ne pas me voir en vous rassurant : je compte bien continuer à partager ma beauté intérieure avec vous par le biais de cette correspondance. N'est-ce pas ce qu'il y a de plus important ?

Pour vous répondre enfin, je n'ai pas d'enfants et je suis veuve. Mon mari est décédé en 2009, des suites de la grippe H1N1. En réalité, c'est suite à cette dure épreuve que je me suis tournée vers le développement personnel, qui m'a tout simplement sauvé la vie. C'est pour cela que le DP est si important pour moi aujourd'hui, j'espère que vous le comprendrez, et serez prêt bientôt à évoluer vous aussi sur votre propre chemin de vie.

Au plaisir de vous lire,
Cyrielle

*Jeu. 2 avril 2020
à 14:21
anonyme11231@hotmail.com a écrit :*

Cyrielle,

Oh vos mains sont toutes desséchées. Quel malheur ! Mais prenez donc soin d'elles. La peau a plus besoin d'être réconfortée et soulagée que d'être badigeonnée de gel hydroalcoolique. Essayez donc la crème Peutrogena, elle apporte réconfort et assouplissement du derme.

Cyrielle, vous lisant, je m'aperçois que nous nous sommes déjà rencontrés brièvement. Au moment où vous lirez cette lettre, mon anonymat tombera et j'espère ne pas évoquer pour vous de souvenirs trop douloureux. Vous m'avez dit avoir cheminé, à l'appui du DP, alors puisque nous avons fait le serment d'être authentiques et sincères l'un envers l'autre, il me semble tout naturel de vous avouer que je me suis occupé personnellement des soins post mortem de feu votre mari. N'y voyez pas un lugubre personnage qui vous poursuit depuis des années. Non, c'est une coïncidence ! Et je viens d'avoir un flash mémoriel ! Je vous trouvais à l'époque très attirante, pleurant votre mari. Et lorsque vous êtes venue pour lui dire au revoir, je vous ai tendu un mouchoir en papier, vous m'avez remercié et vous vous êtes mouchée. Ainsi, déjà vous me séduisiez avec vos reniflements incessants. Mon code de déontologie m'interdisant les contacts débordant le strict cadre professionnel, je suis resté bouche bée à vous regarder renifler et pleurer. Comme vous étiez belle dans cette tristesse ! Et voilà que des années plus tard vous réapparaissez sur le chemin de mes courses. Si jamais après cela vous ne me remettez pas... Que cet anonymat tombe enfin ! Je me prénomme Anselme et je passerai demain à votre caisse pour acheter 3 navets, bravant ainsi les mesures gouvernementales les plus strictes.

Votre chevalier,
Anselme

*Dim. 5 avril 2020
à 14:30
CyrielleDP45@gmail.com a écrit :*

Cher Anselme,

Je suis navrée car rien ne s'est passé comme prévu. Êtes-vous vraiment venu il y a 2 jours acheter vos 3 navets et ainsi me révéler votre identité ? Je ne le saurai probablement jamais. Il semble qu'il existe des synchronicités que je ne suis pas encore en mesure de comprendre.

C'est du CHR, et déjà très affaiblie, que je vous écris aujourd'hui. Il semblerait que malgré toutes les précautions prises et un respect strict des préconisations diverses, une gouttelette contaminée soit entrée en contact avec mon être. Sans doute par les yeux ou les oreilles, car mains et bouche, comme vous le savez, étaient confinées à leur manière.

Drôle de vie ! La fièvre m'a gagnée peu après la lecture de votre dernier message, et j'ai d'abord pensé que c'était l'émotion de vous lire et de me souvenir, soudain, de ce mouchoir tendu alors que j'en avais tant besoin. Ce serait mentir que de dire que j'ai retenu votre visage, mais votre geste, lui, je ne l'ai jamais oublié. Hélas, emportée par des quintes de toux et des difficultés respiratoires fulgurantes, j'ai dû me résoudre à appeler le 15 après quelques heures de calvaire. Les médecins m'ont immédiatement prise en charge et conduite ici où, je le sens, la fin est proche.

J'eusse voulu exprimer la dernière volonté de passer entre vos mains une fois l'arme passée à gauche, afin que notre rencontre puisse avoir lieu malgré tout. C'eut été romantique je trouve… Hélas, ce ne sera pas possible car vous connaissez comme moi le sort réservé aux corps contaminés. Qui plus est, qui vous paierait pour cette dernière mise en beauté, puisque je n'ai ni famille ni amis ? La majeure partie de mes relations ont disparu lors de la longue dépression qui a suivi la mort de mon mari, les quelques derniers fidèles m'ont lâchée il y a quelques mois, prétextant que je devenais trop "saoulante" avec mon développement personnel. Quel comble !

D'un commun accord avec mon employeur et afin de préserver de la panique les quelques collègues qui remarqueraient mon absence, mon départ sera déguisé en rupture conventionnelle. Cela est mieux ainsi et je vous remercie de garder ce secret pour vous.

Adieu donc, mon cher Anselme, vous qui avez permis à une humble caissière de vivre ses derniers jours sur un petit nuage vanillé, vous qui m'avez permis de me sentir femme une dernière fois, vous dont les mots m'ont sauvée d'une solitude extrême dont j'avais à peine conscience. Promettez-moi de poursuivre votre grand cheminement intérieur et créateur afin que je puisse partir convaincue que mon passage sur terre n'aura pas été complètement inutile.

Si par malheur vous vous sentiez trop seul, sachez que ma collègue de la caisse 9 s'appelle Aurélie, et qu'elle a également de jolies mains habiles. Son mail est lilipapillon59@laposte.net.

Merci pour tout, mon mystérieux Anselme.
Prenez soin de vous.
Cyrielle

*Dim. 5 avril 2020
à 20:50
anonyme11231@hotmail.com a écrit :*

Cyrielle,

Votre dernier message m'indique que vous ne lirez probablement pas celui-ci. Néanmoins, je ne puis me résoudre à laisser ce que je viens de lire sans réponse.

Bien qu'amouraché, je dois vous avouer que je vous trouve particulièrement égocentrique et exécrable. Et, même au seuil de la mort, vous arrivez inlassablement à mener votre croisade.

Adieu Cyrielle, que le développement personnel vous porte d'une caisse à l'autre sans trop de souffrance. C'est tout ce que je puis vous souhaiter !

CAISSE 9

*Dim. 5 avril 2020
à 22:22
anonyme11231@hotmail.com a écrit :*

Bonjour Aurélie,

J'ai longtemps hésité à vous aborder, ne sachant trop comment m'y prendre, ni que dire. Voilà donc je me lance, je vous écris. De grâce, prenez la peine d'achever ce message car, croyez-moi, ce n'est pas vraiment évident de faire un premier pas dans ce genre de situation.
Aurélie, je connais votre prénom – fort plaisant – car je le lis à chacun de mes passages à votre caisse sur votre badge. Et sincèrement, c'est toujours la vôtre de caisse que je choisis. Votre sourire illumine mes journées, même s'il est depuis quelques jours protégé de votre visière et d'une bonne couche de cellophane.
Je ne vais pas vous le cacher mais pour vous écrire, j'ai dû faire quelques recherches. Si je ne puis vous dire tout ce que j'ai mis en œuvre pour obtenir votre adresse, je tiens tout de même à vous rassurer. Je ne suis pas un psychopathe mais juste un amouraché qui fond à votre vue et qui ne savait trop comment vous dire ce qu'il ressent. Vous conviendrez que par les temps qui courent vous parler discrètement en tenant compte des gestes barrières et du mètre cinquante qui doit nous séparer ajoutait un défi supplémentaire.
Voilà Aurélie, vous avez là un client satisfait ! Je passerai vous admirer demain, si vous travaillez.
J'espère que vous ne voyez pas d'inconvénient à ce que je reste un peu anonyme, je suis en fait assez timide. Dites-moi ?

Bonne soirée à vous

Mar. 7 avril 2020
à 17:40
lilipapillon59@laposte.net a écrit :

Ecoute-moi bien espèce de petit mariole !
Tu vas aller te faire foutre bien comme il faut avec tes messages d'amouraché à la con. Tu crois pas que ça me brise déjà assez les ovaires d'aller bosser à cette putain de caisse en pleine pandémie ?!
On trime encore plus que d'habitude parce que y'a plein de nos compatriotes aussi cons que toi qui viennent tous les jours – à croire qu'ils ont rien d'autre à foutre – et qui se gavent à faire des stocks de PQ et de fromage râpé. Et puis y'a une partie des filles qui gardent leurs gosses, bien obligé quand Monsieur s'est barré refaire sa vie en les plantant comme des connes, mais du coup on se récupère tout leur boulot. Façon, avec le syndicat, on va les dégommer à la fin de la soi-disant crise, tous ces bâtards de la direction, bien planqués dans leurs bureaux pendant qu'on en chie au front de nos caisses, face aux gouttelettes des connards dans ton genre, avec leurs masques de merde qui nous écrasent le museau.
Moi j'les aurais bien gardé mes 4 gosses, mais y'a déjà mon mari à la maison, handicapé à cause d'un accident, alors j'peux pas. Faut bien ramener le blé alors on y est, à sa putain de caisse. Si encore y picolait pas, ça irait, mais hélas c'était trop demander !

Alors n'en rajoute pas avec tes messages pourris de timide à la con sinon, client ou pas, je risque de t'exploser la gueule la prochaine fois que tu passes à ma caisse. Faut vraiment être un pauvre type pour aller fantasmer sur des caissières en plein Covid. Si je trouve qui t'es, je vais te faire la misère. T'es prévenu. Reste bien chez toi, bien confiné, sale con fini.

Mer. 8 avril 2020
à 19:10
anonyme11231@hotmail.com a écrit :

Aurélie,

Je sentais bien en observant vos gestes de caissière affairée que j'avais affaire à une femme au caractère bien trempé. Et à vous lire, je vois que c'est bien au-delà de mon imagination.
Je me permets de vous réécrire, au risque de me faire casser le nez lors de ma prochaine venue dans vos rayons, pour dissoudre un léger malentendu. Je ne suis pas un homme aux fantasmes légers et vous n'êtes pas n'importe quelle caissière. Aurélie de la caisse 9, vous êtes mon élue !!! Tant pis pour vous si vous ne saisissez pas cette chaleureuse opportunité.

Relisant sans cesse votre message, je ne peux que sourire à votre humour. Et sincèrement, je le partage en venant dans votre supermarché chaque jour. Les scènes de vie sont actuellement si drôles et si pathétiques : des rayons vides qui nous suggèrent que nous sommes en guerre contre un petit être invisible et contre les autres consommateurs qui ont tout raflé, des caddys débordants de papier toilette, d'eau, de vinaigre blanc qui cheminent d'allées en allées, poussés par des personnes masquées, gantées. Des scènes d'apocalypse que la science-fiction aurait pu décrire... Mais nous y sommes !

Je souris moins en lisant la description que vous me faites de l'état de votre vie sentimentale. Vous ne méritez pas cela Aurélie ! Non, pas vous qui êtes au front, sur le champ de bataille. Pourquoi vous infligezvous cela ? Je reste à votre écoute si vous le souhaitez, prêt à lire vos chagrins, prêt à vous conseiller, prêt tout simplement à vous écrire pour vous soutenir. Essayons de nous connaître davantage, qu'en pensez-vous ?

Au plaisir de vous lire, ou pas. La destinée de cette histoire est entre vos mains. Mais de grâce « prenez donc des gants » pour m'écrire ! Et je me démasquerai avec prudence et habileté.

*Jeu. 9 avril 2020
à 17:50
lilipapillon59@laposte.net a écrit :*

Alors toi t'es vraiment un sacré mariole !
Elue de la caisse 9, c'est quoi ce délire ?!
J'avais pourtant été claire !
T'es vraiment pas chié toi, j'te connais même pas et tu voudrais que j'te parle de mes problèmes ?! T'avise pas de jouer au psy avec moi, la direction m'a déjà fait le coup du psychologue du travail, j'l'ai fait chialer le type, il est pas prêt de revenir nous les briser !

Mais en même temps j'dois avouer que t'as quand même eu des couilles de m'écrire de nouveau, après ce que je t'avais envoyé dans la gueule… Normalement t'aurais dû flipper ta race et pas demander ton reste, changer ton fusil d'épaule, voire changer d'hypermarché.

Ou alors c'est que t'es juste un enfoiré de maso et que t'as vraiment envie de te faire frapper… Ou fouetter ?
Pourquoi pas finalement, chacun son délire… Et ça me déplairait p'teut-être pas tant que ça de te botter l'cul, en mode intime, si tu vois ce que j'veux dire. J'me défoulerai de ma vie de merde, comme tu l'as si bien fait remarquer, et toi ça te calmera sûrement.

Mais le problème ça va être les gestes barrières. D'ailleurs j'ten foutrais bien dans la gueule, moi, des barrières. Remarque, tu pourrais garder ton masque, que j'vois pas ta sale gueule, et moi mes gants. Je te badigeonnerai de gel hydroalcoolique un peu partout…
J'vais te faire super mal !
Alors, t'es chaud ducon ? On se donne RDV ?
Faudra gruger discret, y'a pas d'attestation prévue.

*Jeu. 9 avril 2020
à 22:07
anonyme 11231@hotmail.com a écrit :*

Aurélie,

Vous vous méprenez, je ne suis pas homme à ramper, masqué ou cagoulé, se laissant insulter en se faisant asperger de liquide flageolant ! Je ne souhaite pas finir brûlé au 3e degré, ni lacéré. Une question me brûle cependant la langue : dites-moi votre mari, son handicap, est-ce une conséquence de vos rapports sexuels ?

Je suis confus mais à vous lire je ne puis accepter un rendez-vous tel celui que vous me proposez. Pour être sincère, je suis très sensible et je ne supporterai pas la douleur. Ce que vous me demandez là dépasse largement mes capacités physiques, sexuelles, fantasmatiques et neuronales.

Je me suis mépris à votre sujet. Avec votre corps si frêle, je vous prenais pour un moineau délicat, un oisillon qui avec ses yeux doux demandait la becquée. Bravo Aurélie, vous êtes très forte, en deux échanges, vous m'avez littéralement aplati et assommé, nul besoin de m'infliger l'un de vos gestes barrière, votre langage suffit à me faire détaler. Comment un si petit corps peut-il sortir autant d'injures ?

Bon courage à toute votre famille et que votre plaisir vous emporte masquée au paradis !

Ven. 10 avril 2020
à 17:53
lilipapillon59@laposte.net a écrit :

Ha ha ha ! Je t'ai bien eu connard, tu croyais vraiment que j'étais une de ces salopes de bourgeoise SM ?!! Bien sûr que je te piégeais pauv' con, je voulais voir à quel point t'étais barge, et je vois surtout à quel point t'es une grosse couille molle.
MDR.
Alors confine-toi pour de bon et t'avise plus de tourner autour de nos caisses, ni la mienne, ni celles des autres filles.
Putain, tu portes malheur en plus, j'suis sûre, depuis qu'on s'écrit j'arrête pas de tousser et j'ai super mal à la tête, tellement tu m'as vénère…
En même temps tu m'auras bien fait marrer quand même, et c'est déjà pas mal par les temps qui courent.

Allez, va au diable et reviens pas !

L'élue
lol

CAISSE 5

*Jeu. 9 avril 2020
à 22:09
anonyme11231@hotmail.com a écrit :*

Bonjour Didier,

J'ai longtemps hésité à vous aborder, ne sachant trop comment m'y prendre, ni que dire. Voilà donc je me lance, je vous écris. De grâce, prenez la peine d'achever ce message car, croyez-moi, ce n'est pas vraiment évident de faire un premier pas dans ce genre de situation.
Didier, je connais votre prénom – fort plaisant – car je le lis à chacun de mes passages à votre caisse sur votre badge. Et sincèrement, c'est toujours la vôtre de caisse que je choisis. Votre sourire illumine mes journées, même s'il est depuis quelques jours protégé par votre visière de sécurité et un millefeuille de couches de cellophane.
Je ne vais pas vous le cacher mais pour vous écrire, j'ai dû faire quelques recherches. Si je ne puis vous dire tout ce que j'ai mis en œuvre pour obtenir votre adresse, je tiens tout de même à vous rassurer. Je ne suis pas un psychopathe mais juste un amouraché qui fond à votre vue et qui ne savait trop comment vous dire ce qu'il ressent. Vous conviendrez que par les temps qui courent vous parler discrètement en tenant compte des gestes barrières et du mètre cinquante qui doit nous séparer ajoutait un défi supplémentaire.
Voilà Didier, vous avez là un client satisfait ! Je passerai vous admirer demain, si vous travaillez.
J'espère que vous ne voyez pas d'inconvénient à ce que je reste un peu anonyme, je suis en fait assez timide. Dites-moi ?
Bonne soirée à vous

*Sam. 11 avril 2020
à 19:40
didoudidon@gmail.com a écrit :*

Monsieur,

Comment avez-vous eu mon mail ?
Qui êtes-vous ?
Un flic ?
Un voyou ?
Un militaire ?

Avec moi, il va falloir tomber rapidement le masque, si j'ose dire, car je n'apprécie pas que l'on me surveille. Je suis facilement paranoïaque et j'aime que l'on respecte ma vie privée sans intrusion, fut-elle numérique. Je ne suis pas dupe de la grande alliance état-médias-patrons qui plus que jamais contrôle la population de leur panoptique, comme le disait Jean-Pierre Foucault.

Si je n'ai jamais caché à qui que ce soit mes orientations sexuelles (je suis le seul homme de l'équipe de caisse mais j'adore faire partie des "filles", comme le dit notre déléguée syndicale), je suis étonné d'apprendre qu'un client peut réussir à obtenir mon mail si facilement, à mon insu.

En ces temps liberticides où tous nos lieux de drague et de rencontre sont fermés, j'avoue quand même que votre message m'apparaît comme une bouée de secours inespérée dans le désert sexuel et sentimental qu'est devenue ma vie depuis le début du confinement. Et encore, heureusement que je travaille ! Tout seul dans mon appartement à regarder des séries toute la journée, j'aurais littéralement explosé ! :)

Econduire un amouraché n'est pas mon genre et je pense que toute rencontre entre adultes consentants est bonne à prendre. Mais dites-moi vite qui vous êtes et comment vous avez eu mon adresse afin que je sois sûr que vous n'êtes pas là pour enfreindre mes droits fondamentaux ou le respect de ma vie privée.

A bon entendeur,
Didier

PS : Si vous êtes l'homme habillé de noir moulant qui a acheté hier 2 boîtes de préservatifs XXL, sachez que je vous trouve aussi séduisant que prétentieux.

*Dim. 12 avril 2020
à 9:10
anonyme11231@hotmail.com a écrit :*

Cher Didier,

Je ne vais pas me la jouer Colombo pour vous répondre. Votre adresse mail n'est pas compliquée à trouver. Je vous ai entendu parler de patinage artistique l'autre jour avec l'une de vos clientes à la caisse. Aussi ai-je eu l'idée de compulser les forums : Candeloro show, Gliss gloss glass, Dance Ice. Et figurez-vous que vous êtes le seul Didier du département à les fréquenter. Nul besoin d'être flic, militaire, agent secret ou prétentieux. Voyou peut-être !

Au risque de vous décevoir, je n'achète pas de préservatifs XXL. Je ne suis donc pas la personne que vous semblez convoiter, je crains même être l'inaperçu de vos grands yeux. Espérant vous réconforter, je porte néanmoins des vêtements noirs chaque jour puisque c'est ma tenue de travail.

En vous lisant, je décèle une certaine angoisse quant à mon anonymat. Je m'appelle Anselme, un prénom désuet, comme le vôtre. Et il me semble que nous partageons, comme autre passion, les plantes, les fleurs plus particulièrement. Aimez-vous, par exemple, les œillets, cette fleur si jolie dont la tige casse comme du verre ? Appréciez-vous le mimosa dont le parfum enivrant déclenche des éternuements ? Le lys qui enfermé dans une pièce racle la gorge et fait tousser plus que de raison ? La rose blanche en tant qu'ultime et dernière attention ? Répondez-moi ! Je saurai vous surprendre !

Mar. 14 avril 2020
à 23:10
didoudidon@gmail.com a écrit :

Monsieur Anselme,

Avant tout excusez-moi pour ce délai de réponse. D'ordinaire je suis plus réactif, mais en ce moment je suis assez tracassé avec tout ce qui se passe... On a plusieurs collègues qui ne se sont pas présentées à leur caisse durant le week-end de Pâques, notamment notre déléguée syndicale qui d'habitude ne rate jamais une occasion de faire les jours fériés (pour pouvoir ensuite s'en plaindre !), et nous avons trouvé ça un peu étrange. La direction a répondu à nos inquiétudes de manière très évasive et nous a tout de suite remis au turbin, derrière nos visières. Avec tous ces œufs à faire passer, je peux vous dire qu'on n'a pas chômé ! J'en avais ras le cul, moi, de tous ces chocolats !

Mais excusez-moi Anselme, je vous embête avec mes histoires de supermarché alors que nous avons sans doute mieux à partager.

Alors ça pour me surprendre, vous me surprenez !
Vous savez que c'est très vilain d'écouter comme ça, aux caisses, les conversations des autres ? Et de faire ensuite vos petites recherches sur les forums ? Vous m'avez l'air d'un sacré coquin qui, quand il a une idée en tête ne l'a pas ailleurs, comme on dit ! :)

Et bien soit, vous avez su être malin et discret, des qualités plutôt appréciables quand on a les préférences que nous avons, même si pour ma part je n'ai jamais été très doué pour la discrétion !

Au vu de votre petite envolée lyrique si étayée, j'imagine que vous êtes fleuriste ! C'est super ce métier et effectivement j'adore les fleurs ! Par contre j'ignorais que les fleuristes devaient s'habiller en noir. C'est pour mieux faire ressortir les couleurs des fleurs ? Malin, encore une fois…

Vous connaissez donc déjà deux de mes passions : la botanique et le patinage artistique. Vous devez donc m'en dévoiler une de plus pour que l'on soit quitte ! Je suis curieux d'en savoir plus sur vous.

Devinerez-vous aussi quelle est ma troisième passion ? Un indice : elle date de mes années étudiantes et occupe principalement mes nuits solitaires…

A bientôt Anselme,
Didier

PS : C'est vrai que nous avons tous deux des prénoms désuets… Le vôtre encore est original, mais je déteste le mien ! Tous les copains m'appellent en fait Didou, c'est beaucoup plus sympa je trouve. Et vous, c'est quoi votre petit surnom ?

*Mer. 15 avril 2020
à 14:35
anoyme11231@hotmail.com a écrit :*

Cher Didier,

Votre troisième passion, je dirai sans hésitation que vous êtes adepte des films et séries cultes : Retour vers le futur I, II et III, Ghostbusters, Star Trek, Un prince à New York… Est-ce que je me trompe ?

Je vois que j'attire enfin votre curiosité, il était temps. Je craignais d'être relégué au second rang, derrière l'homme vêtu de noir et consommateur de préservatifs XXL… Aurais-je gagné un bon point ? A votre regard, je sentais bien que vous étiez un homme qui a besoin d'être surpris. N'est-ce pas Didier ? Aussi, je ne peux me démasquer aussi facilement. Je vais vous laisser deviner à mon tour : je décore, je maquille et je fleuris juste avant la grande cérémonie !

Et puis, comme vous vouliez connaître une autre de mes passions pour que nous soyons égaux sur ce terrain, sachez que je suis fasciné par la couture. Je couds beaucoup. J'apprécie les tissus satinés qui sont si fragiles et si délicats qu'il faut étudier la trame avant la découpe. Je réalise des drapés, des plis, des coussins et coussinets pour meubler et velouter les espaces intérieurs. Ces tissus se marient tellement bien avec le bois et puis une fois rembourrés de mousse, ils ont une tenue sans pareil, restent agréables au toucher et assurent confort et aisance.

Si vous êtes curieux, je pourrai vous montrer mes créations. Un dîner serait parfait pour faire davantage connaissance, qu'en pensez-vous ?

A vous lire très très très vite,
Anselme (le sans surnom)

Ven. 17 avril 2020
à 22:30
didoudidon@gmail.com a écrit :

Cher Anselme,

Encore une fois je vous ai fait attendre, et vous allez sans doute commencer à croire que je vous fais mariner volontairement… Ce n'est pourtant pas mon genre ! C'est simplement qu'en ce moment, avec toutes les absentes, je travaille comme un fou et lorsque je m'arrête, je suis presque aussi vidé que le rayon pâtes du supermarché. C'est dire ! Et je me tape en permanence une de ces migraines ! C'est vraiment pas la meilleure période pour se rencontrer, hélas…

J'ai compris : ça alors, vous êtes *Wedding organizer* ! D'où les fleurs, les cérémonies, la déco, la couture. Quel beau métier ! Contribuer à ce que réussisse au mieux la célébration de l'union de deux personnes qui s'aiment ! C'est génial ! Et là aussi vous vous habillez de noir, j'imagine, pour rester discret et ne pas voler la vedette aux mariés et à leurs convives ? Malin ! Vous faites les mariages gays aussi, ou seulement les hétéros ? Je dis ça parce que j'ai justement des copains qui voudraient se marier à la fin du confinement, s'ils y survivent…

Par contre, je dois vous détromper : ma 3e passion n'est pas la filmo des années 90, bien que je connaisse très bien les œuvres citées, mais la philo, en particulier les travaux sur l'indicible de Wittgenstein ainsi que toute la philosophie pragmatique. Je lis et relis ces livres depuis une quinzaine d'années, et j'y trouve à chaque fois de nombreux trésors d'incompréhensibilité… Je ne m'en lasse pas.

Ainsi vous me proposez un dîner. Est-ce bien raisonnable mon cher Anselme ? Nous transgresserions alors de très nombreuses barrières, je le crains : celle du confinement, avant tout, celle entre un professionnel et un client, de surcroît, celle entre le virtuel et le réel, enfin. Pour commettre ce triple saut, il faut vraiment que le jeu en vaille la chandelle, si vous voyez ce que je veux dire. Alors faites-moi rêver, et parlez-moi un peu plus de cette soirée, si elle devait avoir lieu...

Et s'il vous plaît, cessez donc de m'appeler Didier. Je vous l'ai dit, pour les copains, moi c'est Didou. Puis-je de mon côté vous appeler Hans ? Je trouverai ça beaucoup plus... relax.

Au plaisir de vous lire,
Didou

*Sam. 18 avril 2020
à 12:46
anonyme11231@gmail.com a écrit :*

Cher Didou,

Affublez-moi du surnom ou diminutif qui vous plaira tant qu'il reste prononçable. Je vous ai dit dans mon précédent message que je n'avais pas de surnom. En réalité, mes collègues m'appellent bien souvent « l'emballeur », un terme qui renvoie à mon activité professionnelle. Ne vous méprenez pas en imaginant que je vole les époux lors de leur nuit de noces. Car, non, je n'organise pas des mariages. Je prépare plutôt les personnes pour leur dernière cérémonie, alors je les farde pour qu'elles ne paraissent pas trop pâles pour leur enterrement. Je les habille et les apprête aussi avant de les installer dans leur dernière demeure. Je suis thanatopracteur, un métier de l'ombre et du secret qui se raconte peu. Et encore j'use d'euphémismes.

En terme plus pragmatique, mon invitation à dîner tient toujours Didou. Et je me dis qu'en cette période de travail intense, vous laisser dorloter un soir, serait sûrement bienvenu, non ? Qu'en pensez-vous ? Quant à votre crainte des barrières sociales, sanitaires, professionnelles, je ne puis vous répondre qu'en empruntant les propos de Pierre Reverdy : « L'ennui est la maladie de la vie. On se fait des barrières pour les sauter ». Nous aurons de quoi échanger et philosopher à votre guise… Quand êtes-vous disponible ?

Au plaisir de vous lire,
Hans

*Sam. 18 avril 2020
à 20:10
didoudidon@gmail.com a écrit :*

Hans,

Arrêtons de nous vouvoyer, veux-tu bien ?

C'est un Didou tout fiévreux qui t'écrit depuis son lit. Hier c'est carrément le grand patron qui est descendu de son bureau droit vers ma caisse pour me conseiller de rentrer chez moi... Je tenais à peine debout et toussais un peu, apparemment ça faisait flipper certains clients. C'est pourtant bien eux qui viennent et nous ramènent leurs saloperies !

Écoute Hans, j'espère que ce n'est qu'une petite grippe et que je serai bientôt sur pieds pour te rencontrer enfin et que tu puisses de vive voix me parler de ton métier si... gothique !

Ce serait quand même un comble d'avoir chopé le Covid après avoir passé tant d'années (de débauche ;-)) entre les gouttes du Sida (toujours couvert !). Non, pardon, je pense à voix haute là, mais je n'y crois pas une minute ! Tout le monde est flippé en ce moment mais on est quand même plusieurs à penser que c'est surtout une grande arnaque des puissants de ce monde pour nous surveiller, restreindre nos libertés et nous la faire bien à l'envers... Qu'en penses-tu, toi qui côtoies la mort au quotidien ?

Bon, je te laisse, il faut que je me repose un peu Hans, il m'en coûte même de t'écrire ces quelques mots. Mais dès que je serai remis je te ferai signe pour notre dîner où nous sauterons ensemble toutes les barrières. J'en meurs d'envie...

Ha ha ! Tu l'as ? ;-)

Et lors de cette soirée, me croqueras-tu les orteils pour vérifier que je suis bien vivant ? Hi hi !

Excuse-moi Hans, c'est sans doute la fièvre, je deviens tout fou-fou, entre deux toux tou-tou.

A bientôt, mi à mort (hu hu hu !!)

Didou

CAISSE 12

*Jeu. 23 avril 2020
à 14:15
anonyme11231@hotmail.com a écrit :*

Bonjour Muriel,

J'ai longtemps hésité à vous aborder, ne sachant trop comment m'y prendre, ni que dire. Voilà, donc je me lance, je vous écris. De grâce, prenez la peine d'achever ce message car, croyez-moi, ce n'est pas vraiment évident de faire un premier pas dans ce genre de situation.
Muriel, je connais votre prénom – fort plaisant – car je le lis à chacun de mes passages à votre caisse sur votre badge. Et sincèrement, c'est toujours la vôtre de caisse que je choisis. Votre sourire illumine mes journées, même s'il est depuis quelques jours protégé par votre visière et une plaque de plexiglas.
Je ne vais pas vous le cacher mais pour vous écrire, j'ai dû faire quelques recherches. Si je ne puis vous dire tout ce que j'ai mis en œuvre pour obtenir votre adresse, je tiens tout de même à vous rassurer. Je ne suis pas un psychopathe mais juste un amouraché qui fond à votre vue et qui ne savait trop comment vous dire ce qu'il ressent. Vous conviendrez que par les temps qui courent vous parler discrètement en tenant compte des gestes barrières et du mètre cinquante qui doit nous séparer ajoutait un défi supplémentaire.
Voilà Muriel, vous avez là un client satisfait ! Je passerai vous admirer demain, si vous travaillez.
J'espère que vous ne voyez pas d'inconvénient à ce que je reste un peu anonyme, je suis en fait assez timide. Dites-moi ?

Bonne soirée à vous

*Jeu. 23 avril 2020
à 19:34
muriel1234@laposte.net a écrit :*

Monsieur,

Je réponds pour dire que je ne répondrai pas. Il ne faut plus m'écrire. Ni venir. C'est pas acceptable. On est à une période qui a beaucoup d'angoisses. Mais faut pas embêter les caissières avec des histoires d'amour même pas vraies. Mon directeur est très gentil avec moi. C'est un bon patron et des fois on parle. Il me paie pas pour draguer, ça je sais. Aux clients, il m'a dit que je dois juste dire : bonjour, avez-vous la carte de fidélité, merci, au revoir. Dans le bon ordre. Et puis c'est tout. C'est bien comme ça. Monsieur, faut trouver d'autres idées pour passer le temps. Par exemple, moi je compte. Tout le temps. Hier : 53 clients. Total des produits passés : 3 687. Moyenne du nombre de produits par client : 69,57 (arrondi au supérieur). Vérifié avec ma calculette le soir en rentrant, bien sûr. Si vous faites partie des 53, que je retire les 46 femmes, il reste 7 hommes possibles et 1 des 7 c'est vous. Je peux enlever 2 réguliers parce que je sais qu'ils savent pas écrire, je dois toujours les aider pour leurs chèques. Il reste 5 possibles et 1 des 5 c'est vous. Donc il y a 4 pas vous. Alors je crois que je peux bientôt savoir qui c'est vous, parce qu'il y en a 2 au moins que je sais que c'est pas vous parce qu'ils étaient au téléphone et ils m'ont pas du tout regardée, alors ils pouvaient pas voir le badge. Donc il reste 3 possibles et 1 des 3 c'est vous. Alors ce sera pas dur de trouver, si vous revenez demain, parce que normalement c'est le confinement et les clients ont pas le droit de venir tous les jours. Alors les 2 autres reviendront pas et vous serez le seul à revenir et je vous reconnaîtrai puisque je vous ai déjà vu hier. Et là il y aura plus que 1 possible et ce sera vous. Et moi je le dirai à mon directeur que c'est vous, dans le petit micro qu'on a pour se parler entre nous. Et lui il le dira aux vigiles qui sont 3 et qui ont aussi un petit micro portable. Je le dirai juste après « avez-vous une carte de fidélité ? ». Et après ce sera vite merci, au revoir parce que le patron il est pas d'accord qu'on drague les caissières pendant leur travail.

Voilà. J'ai utilisé 405 mots pour vous dire ça. J'espère que vous comprendrez bien parce que c'est beaucoup de mots pour rien sinon et ça j'aime pas.

Merci
Au revoir

Ven. 24 avril 2020
à 13:45
anonyme@11231@hotmail.com a écrit :

Chère Muriel,

Et bien je vous ai pris au mot et je parie que vous n'avez pas encore trouvé qui je suis !
Si je décèle en vous l'amour du chiffre et des statistiques, je vois également vos limites et que certains facteurs vous échappent. Votre message comporte 434 mots Muriel et non 405 comme vous l'écrivez. Ce qui de toute évidence m'amène à questionner la réalité de vos comptages. Ainsi vous ne tenez pas compte de possibles états d'absences lors de vos comptabilisations lorsque vous êtes absorbée par votre tâche, ni des nombreux produits achetés par lots promotionnels (2 achetés, 1 gratuit) et enfin vous estimez d'une façon relativement hétéronormée que l'auteur que je suis n'est autre qu'un homme.

Eu égard à votre professionnalisme, j'ai bien compris que je ne pourrai pas vous soutirer une seconde de votre temps de travail. Cela je le respecte. Mais qu'en est-il en dehors vos 35 heures hebdomadaires ? Votre « au revoir » est-il si définitif ou puis-je vous convier à jouer à une partie « des chiffres et des lettres », demain 17 h 30, en ligne ?

Bien à vous

*Mar. 28 avril 2020
à 13:46
muriel1234@laposte.net a écrit :*

Le nombre de mots indiqués était celui du moment où j'ai compté, donc pas le total final du message. Mais c'est déjà trop. Vous devez arrêter tous ces mots, Monsieur. Ils cognent dans ma tête et ça j'aime pas. Il faut faire vos courses sans faire attention aux caissières, comme tout le monde. Ça c'est normal. Pas ce que vous faites vous, Monsieur.
Est-ce que au moins vous avez la carte de fidélité ?

Merci.
Au revoir.

Jeu. 30 avril 2020
à 12:30
anonyme11231@hotmail.com a écrit :

Je ne sors jamais sans ma carte fidélité, c'est ma meilleure arme contre la vie chère !

Adieu

ENTERMARCHÉ, TOUX POUR LA VIE CHÈRE

Anselme B. vient d'être arrêté alors qu'il faisait la queue à la caisse d'un supermarché. Interpellé non sans mal par les forces de l'ordre alors qu'il menaçait d'y tousser et de postillonner si on ne le laissait pas partir, cet homme, thanatopracteur de profession et âgé de 53 ans selon les enquêteurs de police est accusé de « contamination volontaire susceptible d'entraîner la mort » suite au décès de deux caissières et d'un caissier du supermarché. Une enquête de police est en cours pour recenser d'éventuelles autres victimes.

Cet homme dont on ne sait rien du profil psychologique, ni de son état de santé mentale, a entrepris une ritualisation méthodique de chacune de ses contaminations. Contactées par messages électroniques, les victimes recevaient des lettres d'amour où l'auteur décrivait avec force observations leurs gestes professionnels, en particulier les manipulations des articles lors du passage en caisse. En quelques échanges seulement, il tentait de les séduire. « On a affaire là à du nouveau, une façon de tuer hypothétique, et on ne sait pas encore pourquoi cet auteur contactait ses victimes avant de les contaminer sur leur lieu de travail » explique Dominique Lacroit, commissaire en charge de l'enquête. Anselme B., en effet atteint du Coronavirus, agissait au sein même du supermarché en mobilisant tout son savoir-faire pour déjouer les barrières virales (distance sociale, cellophane, casquettes à visière et murets de plexiglas) et contaminer quelques personnes choisies, dont on sait aujourd'hui que leur état de santé les prédisposaient à une vulnérabilité particulière face au COVID-19. Comment l'auteur était-il au courant ? Comment a-t-il pu procéder ? Quels sont ses mobiles ? Est-ce un attentat ? L'enquête a encore beaucoup d'éléments à éclaircir.

Le directeur du supermarché n'a pas souhaité faire de déclaration à ce sujet.
Une minute de silence publicitaire aura lieu samedi 2 mai à 9 heures dans tous les Entermarchés du département, en hommage aux employés décédés.

EPILOGUE

*Ven. 1 mai 2020
à 18:36
CyrielleDP45@gmail.com a écrit :*

Anselme,
mon pauvre Anselme.

Je ne sais pas si vous aurez accès au Wifi dans votre maison d'arrêt, mais je me devais de répondre à votre dernier message qui m'a beaucoup touchée.

Et oui, je fais partie de ces quelque 45 683 Français et Françaises qui ont guéri du Coronavirus après quelques jours en réanimation. Grâce à nos soignants, bien sûr, mais aussi, j'en suis persuadée, grâce à tout le travail que j'ai fait sur moi-même depuis des années et qui a permis à mon âme lumineuse de lutter contre la maladie et pour la vie ! Le travail paie toujours Anselme. Pas la fourberie.

C'est en voulant tester votre fidélité, valeur qui dépasse largement la carte que vous dégainez sans doute à chaque passage en caisse, que je vous ai aiguillé vers ma collègue déléguée syndicale de la Caisse 9. Je savais bien qu'elle ne serait pas tendre avec vous ! Vous avez sûrement dû goûter de son langage fleuri ! Avez-vous apprécié ?

C'était là la pénitence que j'avais prévue dans le cas où, comme je le soupçonnais, vous ne vous étiez pas vraiment amouraché de moi (je veux dire de celle que je suis vraiment au fond de moi), comme vous le prétendiez. Votre irrespect des mesures sanitaires malgré mes multiples rappels du cadre m'avait mis la puce à l'oreille. Mais c'est surtout grâce au fait que, comme je vous l'ai déjà expliqué, je développe mon intuition depuis des années. Pour tout vous dire (au point où l'on en est !), j'ai déjà suivi plusieurs stages de tambour chamanique qui m'ont permis d'accéder à des visions. Or, peu avant mon hospitalisation, lors d'une séance de chamanisme on line, je vous ai vu en jaguar Anselme ! Un bien dangereux prédateur…

Malgré tout, vous envoyer vers la Caisse 9 n'était pour moi qu'un petit test de bonne guerre. Au pire une petite punition bien méritée pour un dragueur invétéré comme vous. Si seulement j'avais pensé une seule seconde que ce faisant j'envoyais une de mes collègues à la mort !!! Et ensuite le si gentil Didou ! Quelle horreur ! Vous imaginez le choc, pour une personne aussi sensible que moi, lorsque les journaux ont révélé toute l'affaire ! Heureusement, votre folie a fini par se fracasser sur notre chère Muriel, qu'entre nous on surnomme "Mumu le mur" car elle ne laisse jamais rien passer.

Mais vous connaissez déjà ma "positive attitude", plus que jamais salvatrice. Ainsi, j'ai entamé de nouvelles démarches dès ma sortie d'hôpital. Sachez que je me suis inscrite au module "100 % Résilience" du Professeur Jean Fumlénaz, où je vais pouvoir me libérer peu à peu de ce trop-plein de culpabilité que votre comportement a engendré. Vous voyez Anselme, grâce au DP que vous avez osé railler sans vergogne dans votre dernier mail, je ne serai pas à compter parmi vos victimes, pas même sur le plan psychologique !

Au contraire, Anselme, à quelque chose malheur est bon, comme le dit le proverbe. Toute cette histoire m'a fait comme un électrochoc et j'ai enfin pris une grande décision. Dès que je serai complètement remise sur mes différents plans (mes corps physique, émotionnel, énergétique et spirituel), je laisse ma caisse pour entamer une grande reconversion et réaliser (enfin !!!) mon rêve et mon potentiel. Je vais devenir blogueuse et coach de vie digital et ainsi mettre mon énergie à aider les autres à avancer sur leur chemin comme je l'ai fait ! Et ce grand saut, c'est un peu grâce à vous, Anselme : c'est à travers la correspondance que vous avez initiée que j'ai réalisé à quel point j'aimais écrire et aider mon prochain.

Alors merci Anselme ! Merci pour ce beau cadeau : il fallait que je frôle la mort pour enfin oser aller vers ma véritable vie, au grand jour ! Vous avez été, sans le vouloir, le carrefour d'une grande étape dans mon cheminement, quand bien même c'est dans un autre hypermarché que l'on s'est rencontrés ! La vie a aussi ses facéties ! ;-).

Quant à vous, comme je le présentais en vous lisant, le chemin va être long Anselme. Quand, dans votre dernier mail, vous employez à mon égard les mots "égocentrique" et "exécrable" pour qualifier la recherche pourtant toute naturelle et légitime de mon authenticité profonde, vous révélez bien tout le chemin que vous avez encore à parcourir pour sortir de vos jugements et plus largement des carcans de votre mental. Moi qui n'aie cessé de vous prodiguer, comme à chacun, bienveillance, gratitude et conseils avisés !

Je vous vois vous débattre comme un pauvre diable avec vos failles et vos limitations, qu'une rencontre avec une personne comme moi ne peut qu'aviver et, du fait de mon empathie naturelle et vibrante, j'en suis profondément émue.

Oui, il sera long le chemin. Vous avez tant à grandir Anselme !

Alors que tout le pays sera bientôt déconfiné et pourra enfin profiter des fleurs du printemps, vous vous apprêtez, toujours à contre-courant, à passer quelques années à l'ombre... Mais regardez les choses du bon côté Anselme. C'est un temps hors du temps, pour vous, avec vous. C'est sans doute ce dont vous avez le plus besoin : un cadeau que vous fait la vie pour vous recentrer et croître.

Si certaines personnes n'ont besoin que de quelques jours en réanimation pour devenir papillon, d'autres ont des chrysalides bien plus coriaces à percer... Il me semble que c'est votre cas. Mais courage Anselme, dans quelques années aussi, je suis sûre que votre papillon viendra.

Adieu,
Cyrielle

Remerciements à Yvon Plancade et Béatrice Gauge

Image de couverture : Cdd20/Pixabay

Impression : BoD-Books on Demand, Norderstedt, Allemagne